Secretos

Jennifer Degenhardt

ISBN: 1-7322780-4-0
ISBN-13: 978-1-7322780-4-2

A Tara. Una amiga verdadera.

ÍNDICE

AGRADECIMIENTOS

The idea for this book was conceived with the help of Tara Allen, who knows about, and who has taught *la dictadura* for years. Like I do, she believes that culture and language are inextricably linked and should be presented together. Thank you for your ideas and your support. *Siempre*.

Thank you, too, to Liz Schnautz, who served as an early reader of the story. Not only did she catch a lot of grammar inconsistencies, she provided the litmus test for what she thought her students might enjoy reading. *Gracias*.

Lovisa Tito took a short description of the book - before it was even finished - and created the beautiful cover art. Thank you for allowing me to showcase your work as a part of mine. *¡Talentosa eres!*

And to José Salazar, my friend and fixer. I am grateful for the language help always, but in this case, I am further indebted to you for the corrections on the *fútbol* references. Grammar is one thing, but soccer - that's *¡otra cosa!* Thank you, as always. I'm not doing this without you.

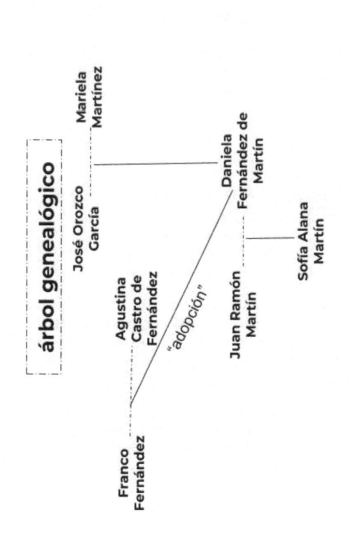

árbol genealógico

Mariela Martínez

José Orozco García

Daniela Fernández de Martín

Agustina Castro de Fernández

"adopción"

Franco Fernández

Juan Ramón Martín

Sofía Alana Martín

Capítulo 1
Alexis

El teléfono vibra en mi bolsillo. Lo saco para ver quién me llama. Recibo mensajes de Sofía, mi amiga virtual de Argentina.

He tratado de comunicarme con Sofía, pero no he recibido mensajes de ella por varios meses.

Estoy ocupada... quiero decir, ocupado. No he tenido tiempo para mantenerme en contacto, especialmente si ella no me responde.

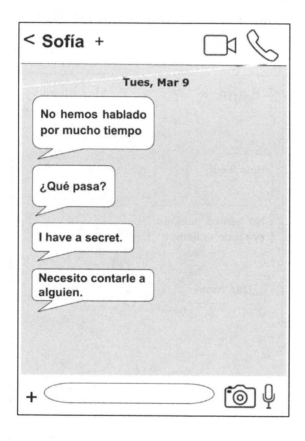

Sofía y yo somos amigas... puf, amigos... virtuales. Nos conocimos hace cuatro años cuando participamos en un programa de correspondencia electrónica en 6° grado. Al principio nos escribíamos mucho por correo electrónico, las reglas del programa, pero después cambiamos a WhatsApp porque es más fácil y práctico, y como todos los adolescentes, nunca estamos sin teléfono.

Es normal que Sofía y yo usemos *Spanglish*. A ella le gusta practicar su inglés y yo… Pues, realmente no sé por qué me gusta el español, pero sé que me va a ayudar en el futuro, especialmente porque quiero trabajar en Los Ángeles… También, usar el español me ayuda a separarme de mis sentimientos; una separación entre mis pensamientos y la vida real.

En ese momento llegan más mensajes instantáneos a mi teléfono.

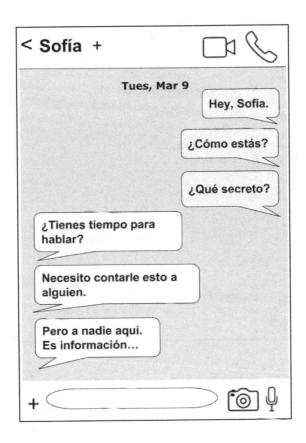

< Sofía +

Tues, Mar 9

Hey, Sofía.

¿Cómo estás?

¿Qué secreto?

¿Tienes tiempo para hablar?

Necesito contarle esto a alguien.

Pero a nadie aquí. Es información…

No recibo más mensajes de Sofía. Pero yo le mando uno.

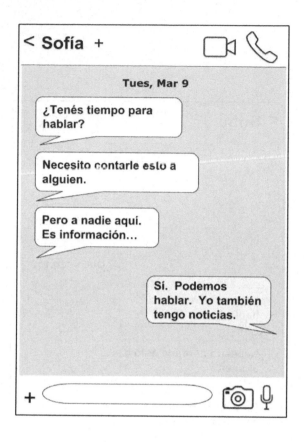

No sé si realmente quiero contarle a Sofía las noticias que tengo. Mi vida ahora es un poco difícil. Mucho ha cambiado en los últimos seis meses; cambios que no esperaba. Pero, la verdad es que no tengo con quien hablar aquí. Quizás la distancia física y virtual y el hecho de que realmente no conozco a Sofía sean mejores para expresarme. Voy a esperar hasta que Sofía me cuente su secreto primero.

Sofía es de Argentina. Vive en Buenos Aires, la capital del país. Como yo, ella tiene 15 años y asiste al colegio. Está en ciclo básico, segundo año en Argentina que es igual al décimo grado en los Estados Unidos. Durante estos cuatro años, hemos aprendido que a nosotros nos gusta la historia y nos encanta la música. Las dos... puf, los dos, tocamos la guitarra, yo la eléctrica y ella, la acústica.

Llega otro mensaje.

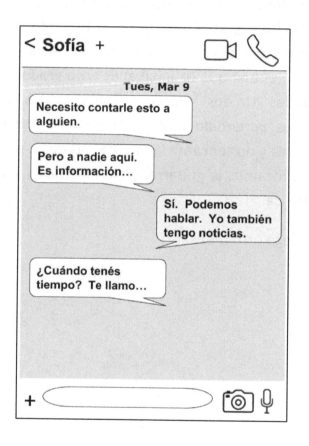

Respondo.

Sofía escribe.

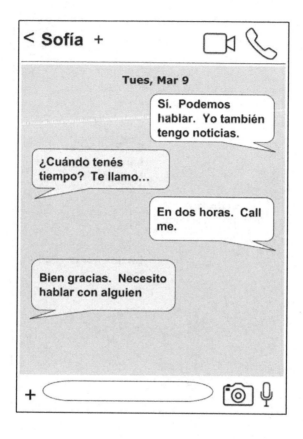

Sofía no me escribe más. Está bien porque tengo una cita. Sigo caminando a la oficina de la terapeuta.

Capítulo 2
Sofía

Siento un gran alivio... Voy a poder hablar con mi amiga, Alexis, en dos horas. Ella vive en Indiana, un estado en los Estados Unidos. Estoy feliz de poder hablar con ella porque la información que tengo es preocupante. Estoy tan confundida. No sé qué pensar. En un instante mi vida cambió por completo. Encontré la carta de las Abuelas de la Plaza de Mayo que fue entregada a mi madre. La encontré en el cajón del escritorio en la oficina de mi papá, mientras buscaba otro cargador para mi teléfono.

*****

Vi el sobre debajo de otros papeles. Sí, tenía el nombre de mi mamá en el exterior del sobre, pero el logo me llamó la atención. Era el logo de las Abuelas de la Plaza de Mayo que he visto en todas partes de la ciudad. El sobre tenía la palabra:

URGENTE

Sí, sé que la carta no era para mí y no era para mí porque no tenía mi nombre, pero por curiosidad saqué la carta y la leí.

Al leer la carta no podía creer la información escrita. Mis ojos revisaron los tres párrafos rápidamente y tuve suerte porque en ese momento, mi mamá entró en la oficina.

«Oh, Sofía. Allí estás. Te llamaba. ¿No me oíste?».

No me moví; tenía la carta en la mano, pero debajo del escritorio.

«No, mamá. No te oí. ¿Qué pasa?».

«Voy al centro. ¿Quieres ir conmigo?».

«Ah, sí. Me gustaría. Déjame encontrar un cargador».

«Hay uno en la cocina. Te lo busco».

«Gracias, mamá. Ahorita».

Tomé la carta y la puse otra vez en el sobre. Mis manos temblaban. Tenía, y tengo, muchas preguntas. Mi mamá nunca mencionó nada.

Mi mamá me dio el cargador y fuimos al carro. Tenía muchas preguntas que hacerle, pero no me salió ni una palabra de la boca. Mis abuelos, o las personas que pensaba que eran mis abuelos, iban a visitarnos ese fin de semana. ¿Cómo podía actuar tan normal con ellos y con mi mamá?

«Sofía, necesito ir a Galerías Pacífico. Necesito un vestido nuevo para un evento en dos semanas. ¿Me ayudas a buscar uno?».

«Uh. Eh… Necesito ir a la tienda de música. Busco música de Los Pericos que pueda tocar en la guitarra».

Pienso en la carta. También pensaba en otra cosa: fue la primera vez que le mentí a mi madre. No iba a la tienda de música. Iba a algún lugar para hablar con Alexis.

«Oh, ok», dijo mi madre. «Nos encontramos en un par de horas».

«Está bien, mamá».

Bajo del carro y voy al parque cerca del centro comercial para hacer la llamada. Me siento en un banco y marco el contacto de Alexis en WhatsApp.

Capítulo 3
Alexis

La oficina de Kiara es nueva en nuestra ciudad. Ella es terapeuta nueva y yo soy clienta... cliente de ella hace varios meses. La conocí en el colegio en octubre, durante el día especial de la salud; de la salud física y mental.

Ese día Kiara entró en la clase con unos tacones muy altos, algo extra de altura porque es alta. Tenía pelo largo y ondulado, con maquillaje exquisito. Llevaba un vestido verde apretado, y aunque normalmente no me gusta el maquillaje para nada, apreciaba como lucía. Me gustó su «*look*». Era bella.

«Hola jóvenes. Soy Kiara. Como ven, soy una mujer negra y bella», dijo, con una sonrisa enorme.

Algunos estudiantes se rieron y algunos hicieron comentarios malos. Se notaba que Kiara, aunque ya es mujer negra y bella, antes era...
«Pero, quizás se note que no fui mujer toda mi vida. Soy trans», dijo ella de forma realista.

Por casi una hora, Kiara (que nació como Kevin) nos contó acerca de su vida, cómo se dio cuenta de quién era y cómo realizó el cambio, con el cual está completamente feliz.

«Por fin puedo vivir la vida que quiero», nos dijo.

Al final de la charla, Kiara dio tarjetas de presentación a los estudiantes.

KIARA
Terapeuta de adolescentes
LGBTQIA+

En la parte de atrás había información para contactarla: número de teléfono y correo electrónico.

*****

Esa noche le mandé un correo. No quería que mi madre me oyera dejando un mensaje.

Hola Kiara,

Gracias por la presentación de hoy. Me gustaría hablar con usted. Como cliente. No tengo con quien hablar. Tampoco tengo dinero.

:-(

Gracias por su tiempo.

Alexis B.

Toqué el ícono para mandar el mensaje. Pero antes de hacerlo, leí lo que escribí. Cliente. Por primera vez me identifiqué así. Me sentía feliz.

*****

Entré en la oficina de Kiara esa tarde. Ella me esperaba y me saludó con la pregunta que me hace en cada sesión: «¿Eres quien quieres ser?».

Capítulo 4
Sofía

Espero que la señal de mi teléfono haga la conexión con el de Alexis ya que estamos a muchos kilómetros de distancia.

La información que leí en la carta tiene que ser un secreto porque mis padres no me han mencionado nada. Es verdad que no tengo toda la información, ni sé toda la historia, pero he vivido 15 años en este país, en Buenos Aires, y sé algo de la historia de los tiempos difíciles, aunque no la discutimos en nuestra casa.

*****

Mi país, la Argentina, ha sufrido tantas injusticias como muchos países del mundo. En 1976, una junta militar dio un golpe de Estado contra la presidenta, Isabel Martínez de Perón. Esa época fue conocida como la dictadura: años 1976 - 1983. Fue una época de opresión y de violaciones a los derechos humanos. Mucha gente desapareció por ser sospechosa...

*****

Finalmente oigo una voz por teléfono. Parece masculina y casi desconecto la llamada, pero de repente oigo: «Hey, Sofía. Mucho tiempo sin hablar contigo...».

Es mi amiga, Alexis. No le he hablado por casi un año, aunque mantenemos contacto por Snapchat y WhatsApp, y siempre nos mandamos fotos. Ella ha cambiado su pelo, ahora está más corto, y también ha cambiado su estilo de ropa, pero es la misma persona. Hemos estado ocupadas por eso no hemos hablado mucho, pero cuando hablamos, siempre es de la historia y de la música.

«Hola, Alexis. Gracias por contestar».
«Claro, Sofía. Pareces preocupada. *What's up*?».

Normalmente hacemos un chiste sobre la frase «*What's up?*» y la app WhatsApp, pero hoy no hay tiempo.

«Alexis, mis abuelos no son mis abuelos. Mi madre no es hija de ellos. Todo es una mentira. Mi vida es una mentira».

«*Whoa*, Sofía. *Slow down*. No entiendo. Explícame más en inglés».

Durante 20 minutos, sin parar para respirar, le explico a mi amiga sobre la carta, cómo llegó a la casa hace seis meses y toda la información que contiene. Al final, estoy a punto de llorar, pero me siento mejor por haberle contado a otra persona.

«Wow, Sof. Esas son noticias duras», dice mi amiga, pero en voz baja. «¿Qué vas a hacer?».

Es normal hacer chistes con Alexis porque es muy cómica, pero ese día no se pudo.

«Alexis, gracias por escucharme. Eres buena amiga. Yo sé que no nos conocemos en la vida real, pero me siento... pues, siempre me dices la verdad. ¿Qué debo hacer en esta situación?».

Alexis me aconseja no hacer nada todavía, solo investigar más por internet con la información que tengo. Y tiene razón, necesito saber más.

Desconectamos y me siento en un banco unos minutos más, mirando el tráfico.

Estoy confundida todavía pero me siento mejor por haber hablado con alguien, y con ese sentimiento me levanto para entrar a Galerías Pacíficas. Busco a mi mamá.

Capítulo 5
Alexis

Durante la sesión con Kiara esa tarde, antes de la llamada y la conversación con Sofía, mi terapeuta y yo hablamos mucho de la verdad y la identidad. «Primero», ella me dijo, «necesitas saber quién eres».

Yo respondí: «Yo sé quien soy: una persona que le gusta la música, la historia, que ama a su perro y a su mamá».

Mi respuesta no fue directa ni la que esperaba Kiara, pero no pude darle la respuesta correcta, o sea, verdadera, todavía. Tenía miedo.

«Alexis, los dos sabemos que eres buena persona y todo eso. Pero ¿cómo te identificas? ¿Cómo quieres expresarte?».

Por varios meses he estado cambiando. Mi *look* y mi estilo completo, quiero decir, la manera de expresarme al mundo ha cambiado. Siempre me he considerado «marimacho» porque rechacé todo lo femenino, por lo menos, lo femenino estereotípico, como muñecas, vestidos, todo en rosado y el maquillaje. Entonces, el cambio del estilo de ropa no fue tan difícil. Sin embargo, cortarme el pelo fue un choque, especialmente para mi mamá.

«Alexis, ¿qué hiciste con tu pelo?», preguntó mi mamá el día que llegué a casa con el pelo muy corto y rasurado, castaño en la parte inferior, tapado con pelo rubio más largo.
«Me fui al peluquero para que me lo cortara», respondí.
«Pero tenías pelo bonito», dijo mi mamá, casi llorando.
«Mamá, es solo pelo. No te preocupes. Además, me gusta».

No la convencí ese día, pero no me molestó más.

Mi mamá y yo vivimos solas... eh... solos y aunque a ella le habría gustado tener una hija tradicional y muy femenina, me acepta como soy. Pero ahora espero que acepte a la persona quien soy realmente. Algún día tendré que decirle la verdad.

Kiara me dio un poco de tarea en cómo puedo pensar para realizar la meta de ser quien quiero ser. «Poco a poco», me dice Kiara. Y así lo hago, pero me molestó una parte de la conversación con Sofía. Ella me dijo: «Eres buena amiga», y «Siempre me dices la verdad».

Estoy enojada... enojado conmigo misma... mismo (parece que este cambio no será tan fácil). Necesito ser quien soy con todas las personas, y no le dije nada a Sofía. ¿Qué le habría dicho? ¿«No soy tu amiga...»?

Pero el comentario que más me afectó fue lo de decir la verdad. No soy mentirosa. Mentiroso. No soy mentiroso. Voy a confesarme con Sofía. Y voy a confesarme con ella con ella antes que nadie. Si me rechaza, por lo menos no será en la vida real porque vive tan lejos. La llamaré en unos días. Primero necesito pensar cómo le voy a contar.

Capítulo 6
Sofía

Ahora me convierto en detective. Inspectora.

Esta es la evidencia y la información que tengo hasta ahora:

- Mis «abuelos» Franco Fernández y Agustina Castro de Fernández, derechistas, adoptaron a mi mamá y la criaron.
- Mi «abuelo» era militar del gobierno durante la época de la dictadura, años 70.
- Franco Fernández trabajó en el gobierno en la jefatura II de Inteligencia en el ejército argentino. Se jubiló en 1983.
- Mis «abuelos» se jubilaron en Nuñez, en la parte norte de Buenos Aires, en 1986 y han vivido allí desde entonces.
- Ellos dos, Franco y Agustina, nos visitaban cada semana. O nos visitaban cada semana hasta hace seis meses atrás... exactamente cuando llegó la carta. Desde entonces ha sido solo una vez al mes. Mi mamá nunca me ha explicado por qué, pero tampoco le he preguntado.

Esa observación es interesante, pero no es importante. Tengo mucho trabajo que hacer.

*****

Llamo a mi madre para avisarle que voy a la biblioteca. Necesito escaparme de la casa.

«Mamá, voy a trabajar en la biblioteca».

Todavía no me ha explicado nada mi mamá sobre la carta. Ella no sabe que yo sé más de lo que debo saber, pero ahora que sé, noto la diferencia en su interacción en la casa y su personalidad, especialmente con mi papá.

Mi padre, Juan Román Martín, es buen hombre, aunque un poco frío. Le gusta el fútbol como a muchos argentinos y a través de eso él y yo nos conectamos. Aunque a los dos nos encanta el fútbol, somos aficionados de equipos opuestos. Él es aficionado de River Plate y yo soy loca por Boca Juniors. Lo discutimos siempre. Mi padre no me entiende y yo tampoco lo entiendo. ¡Boca Juniors es el mejor equipo!

En general, mis padres se llevan bien y no discuten mucho, aunque no es una relación amorosa (en mi opinión); y ahora, aún menos.

Una noche los oí hablando en la sala.

«Daniela, no debés asistir a ese evento».

«Sabés que necesito ir. Es un reconocimiento de la vida de mis padres».

«Tus padres son Franco y Agustina. Ellos te criaron», dijo mi papá.

«Mis padres son Mariela y José. Murieron durante la dictadura».

«Daniela, ¿cómo podés pensar en ir...? ¿Qué van a decir nuestros amigos?».

«No importa lo que digan. Esa gente que el gobierno, los militares, desapareció hace tres décadas, esa gente era mi familia».

Mi mamá se calmó un poco al final, pero oí todo. No sé cómo respondió mi papá después porque en ese momento me fui a mi cuarto.

*****

Esa es exactamente la información que necesito encontrar, o por lo menos buscar en la biblioteca hoy:

- ¿Quiénes eran Mariela y José?
- ¿Por qué fueron desaparecidos?
- Presuntos muertos ahora, ¿dónde están los cuerpos?
- ¿Por qué mis abuelos adoptaron a mi mamá?
- Realmente, ¿por qué marchan las Abuelas de la Plaza de Mayo?

Sí, tengo mucho trabajo si quiero resolver el misterio. Voy a hablar con Alexis también para ver si ella me puede ayudar con la investigación.

Capítulo 7
Alexis

Un día, después de la escuela camino al centro. Estoy con unos amigos y decidimos pasar por la tienda de música alternativa que todavía existe en nuestra ciudad. Claro, la música digital es la forma más popular ahora, pero nos gusta tener un lugar para reunirnos, buscar información de artistas nuevos y charlar con otras personas sobre la música. Normalmente no compramos nada, pero al dueño de la tienda le gustamos por la buena vibra que tenemos.

Entrando en la tienda, mi amigo Rocco dice: «¿Han escuchado la canción nueva *Tell Me a Story* de Skylar Kergil? La tengo en una de mis listas de Spotify».

Marnie dice: «No, pero leí en un blog que la canción es buena. ¿Sobre qué es?».
«Canta de la aventura, las relaciones y claro, el género», dice Rocco.
Todos nosotros hablamos un buen rato sobre música buena de artistas no binarios. Mencionamos a Shea Diamond, Anohni y Ryan

Cassata y los temas de su música. Este grupo de amigos - incluso yo - es... «interesante». No nos consideramos populares, pero nos divertimos. No sé si ellos saben de mí o de mi identidad. Probablemente no les importa.

«Alexis», dice Anthony, cambiando de tema, «¿vienes con nosotros? Vamos a comer a la taquería».

«Eh... no. Gracias. Voy a buscar más música y luego tengo clase de guitarra».

«Ok. Nos vemos entonces».

«Hasta luego».

Me quedo allí en la tienda pensando en los artistas como Skylar y Anohni cuando mi teléfono vibra en el bolsillo de mis pantalones. Es Sofía.

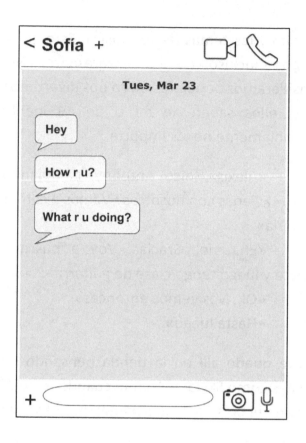

A Sofía le gusta escribir en inglés así, y normalmente no espera una respuesta. Lo usual.

Sofía me contó hace tiempo que se usa el voseo en vez de «tú». Es una forma de la segunda persona singular que se usa en muchas regiones y con muchos dialectos, como en Argentina. Y aunque entiendo cuando ella lo usa, no es natural para mí porque aprendí el uso de «tú» en español, y por eso respondo así.

«Hey. Bien. Estoy en la tienda. ¿Y tú?».

No me responde, entonces trato con el voseo.

«Y vos, ¿qué hacés?».

Y ahora recibo un mensaje con un emoji, sonriéndose.

Por un buen rato, Sofía me manda mensajes de todo lo que ya sabe de sus «abuelos», en qué trabajaban y qué hacían. No tiene mucha información concreta todavía, pero sabe más que antes.

Por fin me pide ayuda: «Alexis, sé que vos sos súper investigadora, ¿me puedes ayudar, por favor?».

Tengo una pequeña reacción a la palabra femenina «investigadora», pero no digo nada todavía. Solo respondo: «Claro, Sof. Mándame la información por correo electrónico».

Y de ahí, me meto en otro secreto.

Capítulo 8
Sofía

Después del tiempo que pasé en la biblioteca Joaquín V. González en la calle Suárez, decido hacer una caminata por La Boca, el vecindario famoso y muy popular en mi ciudad, donde me gusta pasar mi tiempo libre. No es como el área donde nosotros vivimos. La Boca es viva y alegre. La Boca está cerca del Riachuelo y el puerto antiguo de la ciudad. En Caminito hay casas de muchos colores y la gente tiene raíces genovesas. La Boca es un barrio de clase trabajadora. Me gusta mucho el barrio porque hay mucha energía.

Pienso en mi investigación sobre la situación de mi madre y mis abuelos. Me fascina, sí, pero me preocupo también.

Camino cerca de la Bombonera, el estadio de mi equipo favorito, Boca Juniors. Los colores brillantes azul y amarillo me recuerdan al último partido que vi allí con mi papá. Yo sé que me quiere, pero no me entiende. Ese día del partido fue igual.

«Sofía, preferiría asistir al Monumental a ver un partido de River Plate».

«Papá, vos sabés que me gusta ver el partido en mi propio estadio», le dije, riéndome (aunque él no se reía).

«Sí, Sofía. Lo sé. Lo que no entiendo es por qué eres aficionada a ese equipo».

Como pude, y puedo, le expliqué a mi papá. Yo no soy como él. Me apasiona el arte y la música y además, la gente. Mi mamá es igual a mí en que le gusta la gente y el arte. Tampoco es como sus padres. A mi papá le gusta... pues, no sé qué le gusta, pero no es lo que me gusta a mí.

Ese día en La Boca empiezo a pensar más. Quizás mi madre y yo seamos más similares a sus padres verdaderos y por eso... No sé todavía, pero lo voy a saber. Alexis me ayudará. Le mando un mensaje.

«¡Alexis!»

Continúo con los mensajes.

Toqué «enviar» antes de terminar mi frase y en ese momento recibí un mensaje de mi amiga. Esta fue la conversación:

Alexis: *Wait, what?*

Yo: *Vos sabés de las Abuelas, right?*

Alexis: *Claro.*

Yo: *Las abuelas le mandaron una carta a*

	mi mamá. No sé por qué ella les
	mandó su ADN, pero...
Yo:	*Ni por qué no me contó... otro*
	misterio.
Alexis:	*Buena investigación. ¿Sofía?*
Yo:	*Gracias. ¿Y ¿qué?*
Alexis:	*Necesito decirte algo. Pero tenemos*
	que hablar.
Yo:	*Ok. ¿Hablamos esta noche? Necesito*
	tomar el bus ahora. Estoy todavía en
	La Boca...
Alexis:	*Bien. Te llamo luego. Como a las*
	ocho. Bye.
Yo:	*Bye. Hasta luego.*

Sigo caminando en La Boca por Caminito. Miro los edificios y a la gente. Muchas personas están afuera disfrutando el día e interactuando entre si. Buenos Aires es una ciudad muy progresiva y este barrio en particular es muy progresivo. Hay muchas galerías de arte y muchos lugares donde se toca música y presentan el tango, un baile muy popular aquí. Aquí, en todas partes de la ciudad, hay oficinas de terapeutas. Muchas personas en esta ciudad ven a una terapeuta. Pienso en mi mamá. Aunque no entiendo toda la situación, mi mamá necesita hablar con una terapeuta, creo. Voy a preguntarle.

En ese momento pienso en la llamada con Alexis más tarde. ¿Tiene información para mí sobre mi investigación? ¿Qué será?

Capítulo 9
Alexis

Esa tarde llego a mi casa y voy directo a mi cuarto. Sí, tengo tarea, pero prefiero tocar mi guitarra. Puedo tocar por horas, y cuando estoy con la música, no pienso en nada más que ser músico. Me siento libre.

Estoy aprendiendo la música de Ryan Cassata. Él es un nuevo cantante con una canción que se llama *Daughter*. La canción es sobre la lucha de ser quién uno es.

Sé, o pienso que sé, quien soy. Kiara me ayuda con eso.

«Alexis, sabes que tus pensamientos controlan tus emociones, ¿verdad? Hemos hablado de eso muchas veces».

«Sí, Kiara», le digo. «Lo sé. Pero todavía pienso en mi mamá y mis amigos y qué van a pensar…».

«Cuando tú vives tu vida por otra persona, no puedes ser la persona quien eres», me dijo Kiara.

Tocando la guitarra en mi cuarto, pienso en «La persona quien soy. La persona quien soy».

¿Quién soy? Soy Alexis, de 15 años. Estudiante. Guitarrista. Hija... No, ya no soy más hija. Soy hijo. Es quién soy. Y estoy para decírselo a Sofía esta noche. Sí, tengo miedo, pero también estoy emocionado. Estoy emocionado de admitirlo, pero más por ser la persona quien soy.

Pero, primero necesito escaparme de la casa. No voy a poder tener esta conversación con Sofía con mi madre cerca. Hablar con ella... voy a tener que esperar a otro día. Y como no sé cuándo va a regresar de su trabajo, le escribo un texto:

MOM

Voy a la biblioteca esta noche para hacer un proyecto

Mi mamá es enfermera en el hospital en mi pueblo y siempre trabaja diferentes horarios. También trabaja duro. Es enfermera en el departamento de psicología de adolescentes. Siempre me habla de los tantos problemas que tienen sus pacientes: los que se cortan, los que piensan en suicidarse, los que tienen trastornos alimenticios, y más. Mi mamá tiene mucha compasión por otras personas. Es muy humana.

Finalmente me responde.

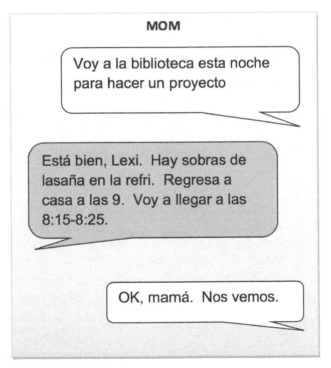

MOM

Voy a la biblioteca esta noche para hacer un proyecto

Está bien, Lexi. Hay sobras de lasaña en la refri. Regresa a casa a las 9. Voy a llegar a las 8:15-8:25.

OK, mamá. Nos vemos.

No me gusta mentirle a mi mamá, pero tuve que mentirle sobre mis planes de esta noche. Sí, voy a la biblioteca, y sí, trabajo con el proyecto de la investigación para Sofía, pero la razón principal es no estar en la casa... para poder hablar con Sofía, para contarle... todavía es un secreto.

Finalmente voy a poder admitírselo a otra persona además de Kiara, porque ella ya sabe. Probablemente sabía antes que yo.

Y mi mamá, ¿sabe?

No sé. Pero no es hora de pensar en eso. Tomo mi mochila y me voy para la biblioteca.

Capítulo 10
Sofía

Cuando llego a casa, mi mamá está en la cocina, esperándome.

«Hola, Sofía. ¿Qué tal tu día?».

Mi mamá me ofrece una taza de mate. Es costumbre en Argentina tomar mate, claro, pero también lo es en nuestra casa. Lo tomo cada día al llegar de la escuela y lo tomo con mi mamá cuando está en casa.

«Hola, mamá. Gracias», le digo, tomando el mate.

«Sofía, hay un evento en dos semanas, una recepción. Quiero invitarte a ir conmigo».

«¿Para qué es, mamá?».

Tal vez sea el evento del cual mis padres discutieron la otra noche. El evento al cual mi papá no quería que fuera mi mamá.

«Pues, es una recepción para...».

En ese momento oímos el timbre de la puerta y después una voz por el intercomunicador.

«Buenas tardes. Paquete para Daniela Fernández Orozco de Martín».

«Espera, Sofía», dice mi mamá.

Cuando mi mamá va a recoger el paquete, recibo un mensaje de Alexis. Es un enlace a un artículo. No hay otro mensaje, entonces solo le mando un texto, «:) gracias». Un minuto después, le mando otro.

«Hablamos luego, ¿no?».

No recibo respuesta, entonces hago clic en el enlace y empiezo a leer «La lucha de las madres argentinas».

Estoy leyendo el artículo cuando vuelve mi mamá, pero no tiene ningún paquete.

«¿Y el paquete?», yo le pregunto.

«Tenía la dirección equivocada», dice mi mamá, aunque su cara tiene otra expresión. Está preocupada.

«Mamá, ¿estás bien?»

«Sí, Sofía. Pero necesito hacer un mandado», me dice.

«Eh. Ok. ¿Y ese evento en dos semanas?».

«Hablamos de eso luego», me dice. «Ahora tengo que salir».

«Está bien».

De ahí, mi mamá toma su cartera y sale sin explicarme nada.

No sé qué pensar. Ella se ve sospechosa. ¿Es sobre la información en la carta? ¿Quién llegó a la casa? ¿Qué información tenía?

Pues, decido concentrarme en el artículo que me mandó Alexis. Habla más de las Abuelas de la Plaza de Mayo y su organización. Dice que su sitio web pide el ADN de las personas que nacieron en 1975. Mi madre nació en 1975.

Sigo leyendo. Voy a hablar sobre esto con Alexis más tarde.

Capítulo 11
Alexis

Sentado enfrente de una computadora en la biblioteca yo busco más información sobre la dictadura y las Abuelas de la Plaza de Mayo. Esa historia, o esa época de la historia de Argentina, me fascina por los tantos secretos que había y todavía hay. Pero, si la historia se repite como siempre, la gente quiere saber la verdad. De hecho, la demanda.

Es casi la hora para llamar a mi amiga. He pasado dos horas preocupándome. Estoy nervioso. Nervioso.

Finalmente, cierro las ventanas de la computadora y voy afuera para hacer la llamada. Sofía contesta inmediatamente.

«*Hey, Alexis*», me dice en inglés.

«*Hi, Sofía. How's it going?*», yo le pregunto. Sofía mira muchas películas estadounidenses en inglés y le gusta practicar.

«Hoy pasó algo raro. Mi mamá iba a invitarme a un evento, pero entonces alguien tocó la puerta… No sé qué pasó. Al final ella salió de la casa. Casi corría».

«¿Piensas que es algo acerca de sus verdaderos padres? ¿Sus padres biológicos?».

«No sé. Después de tener más información la voy a confrontar. Pero… tú querías hablarme. ¿Qué pasa?», me pregunta mi amiga.

«Pues, tengo algunas noticias que nadie sabe todavía».

«Ok. ¿Qué son?».

«Sabes que hablo con una terapeuta cada semana, ¿no?».

«Sí, me contaste. Kiara se llama, ¿cierto?».

«Sí, ella es buena. Me ayuda mucho. Ella es diferente. Es trans».

Sofía no tiene ninguna reacción a esas noticias, solo dice: «Me alegro de que te ayude, Alexis. Tiene que ser buena persona».

«Sí, Sofía. Hablamos de la identidad. La mía en particular…».

«*Wait*», dice Sofía en inglés. Ella aprendió esa frase de mí. Es solo una palabra, pero es una frase que usan mucho los adolescentes. Sofía continúa: «Vos decís… es por eso que siempre mencionas a esos artistas, Ryan Cassata y Shea Diamond. Ellos son trans también. Alexis, ¿sos trans?», me pregunta mi amiga de lejos.

«Sí», le digo.

Sin pausa, dice: «¡Felicidades! Y gracias por decirme. Y confiar en mí. ¿Es la primera vez que le cuentas a otra persona?».

«Además de decirle a Kiara, sí».

«¡Fantástico! ¿Cómo te sientes? ¿Cómo te llamo? ¿Cuáles pronombres vas a usar?».

Las preguntas llegan a mi oído tan rápido que no puedo contestar. La felicidad que mi amiga transmite en la conversación me hace sonreír. Me siento completo.

Entonces me río. Estoy tan feliz. Me identifiqué y ahora puedo identificarme. Ya no es secreto. Pues, necesito decírselo a mi mamá. Otro día.

Finalmente contesto las preguntas.

«Me siento aliviado. Uso el mismo nombre y prefiero el pronombre "él". Sofía, gracias. Gracias por ser mi amiga. Es fácil hablar contigo de todo esto».

«Alexis, sos mi amigo. Y por eso estoy aquí».

Noto inmediatamente el cambio al masculino. Es buena amiga, en serio.

Capítulo 12
Sofía

Alexis, como ya se siente mejor de haberme dicho quién es, me ha estado ayudando más con el secreto que todavía existe en mi vida.

Ya sabemos, o suponemos, que mi mamá entregó su ADN a la organización y por eso recibió esa carta avisándole de sus padres biológicos. Pero no explica por qué ella fue criada por Franco Fernández y Agustina Castro de Fernández, que han fingido ser mis abuelos los últimos 15 años.

Quizás tenga tiempo para hablar con mi mamá hoy. Como acostumbramos a hacer cada mes, vamos a pasear por el mercado de San Telmo. Siempre vamos para ver las antigüedades. La historia siempre enseña tanto.

«Lista, Sofí. ¿Qué buscás en el mercado hoy?»
«No tengo idea, mamá. Quizás un disco nuevo de música argentina».
«Buena idea. Vamos».

Mi mamá y yo conducimos por la ciudad para llegar al área de San Telmo donde todos los domingos hay feria en la Plaza Dorrego. Es el lugar donde compro todos los discos para mi colección. Me gusta mucho la música, especialmente la música antigua.

Estacionamos y vamos directamente a las casetas donde están las antigüedades. Mi mamá sabe que me gusta la historia, pero parece que ella también busca algo ese día.

«¿Qué buscás, mamá?».
«Nada, Sofi».

Pero las acciones de mi mamá me dicen otra cosa. Ella busca documentos antiguos, aunque nunca he visto ningún documento allí. Le pregunta al señor de la caseta: «¿Sabés dónde hay documentos de los años 70?».

El hombre responde pero no oigo qué dice. Mi mamá tiene una misión. Finalmente, le pregunto a mi madre: «¿Qué buscás? ¿Por qué estás tan intensa hoy? Has estado muy rara últimamente. Y todavía no has mencionado ese evento otra vez. ¿Qué pasa?».

«Ay, Sofía. Tenés razón. Estoy muy confundida. Recibí noticias que cambian todo en nuestra vida. No quería contarte antes de tener toda la información. Le pedí al señor más información».

«¿Tiene que ver con la carta que encontré en el escritorio de papá? La carta de las Abuelas...».

«Oh. Entonces vos ya sabés. Sí, es sobre la carta y mis padres. Mis padres verdaderos. Biológicos. Mejor vamos a tomar un café. Te lo contaré todo».

Mi mamá y yo fuimos a un café y me contó todo lo que ella ya sabe.

Capítulo 13
Alexis

Mi secreto ya no es secreto. Mi vida cambia más cada día. Y cada día es más fácil saber quién soy. Me identifico como muchacho en la mente y cómo me presento al mundo, pero todavía no he hablado con mi mamá. Pronto lo voy a hacer.

Mientras tanto, todavía estoy ayudando a Sofía con su investigación. Tengo mucha información para darle esta noche cuando hablemos: detalles de los izquierdistas desaparecidos, las adopciones y las aprobaciones de bebés de los desaparecidos por familias militares y los vuelos de la muerte. Quizás sepa algo de esta información ya. Casi que no pude creerlo cuando la leí. Las atrocidades que cometió el régimen militar argentino durante esa época… increíble.

De repente, el teléfono vibra. Me llama Sofía.

«Alexis, hola. *Oh my God!* ¿Tenés tiempo ahora?».
Parece que mi amiga no pueda respirar.
«Sof, ¿estás bien? Hablas muy rápido y…».

«Sí, estoy bien. Pero tengo noticias. Mi mamá me explicó todo».

Por casi media hora Sofía me cuenta la versión actual con anécdotas de su familia, de toda la información que encontré durante mi investigación en la biblioteca. Sus abuelos verdaderos, los padres biológicos de su mamá, fueron desaparecidos en los años 70 por haber sido izquierdistas cuando su mamá era bebé. Entonces, su mamá fue adoptada por la pareja Fernández y ellos la criaron.

«Sofía, ¿cómo está tu mamá ahora? Esta información tiene que ser muy difícil».

«Ay, Alexis. Mi pobre mamá. Ella no sabe quién es. Su identidad. Ella me lo dijo esta tarde. Y todavía hay misterio. Ella quiere saber qué pasó con sus padres».

«¿Es por eso que ella entregó su ADN a la organización?», yo le pregunto.

«Sí. Me contó algo de los vuelos de la muerte, pero no entendí».

«Aprendí esa información también», le dije a mi amiga. «Los militares tomaban personas sospechosas y las lanzaban desde los aviones - para matarlas».

«*Oh my God*, Alexis. ¿Es lo que les pasó a los padres de mi mamá? Es horrible».

«Vamos a continuar la investigación».

«Oh, Alexis. ¿Cómo estás? Estoy tan preocupada   que   se   me   olvidó preguntarte. ¿Hablaste con tu mamá?».

«Todavía no», le digo. «Pero pronto».

«Ok. Todo va a salir bien. Hablale cuando estés lista».

«Sí, Sof. Gracias. Cuídate. Hablamos pronto».

Después de hablarle a mi amiga, pienso en un plan para hablar con mi mamá.

Capítulo 14
Sofía

Es la noche del evento de las Abuelas de la Plaza de Mayo. Finalmente mi mamá me invitó a acompañarla. Mi padre no quiere que asistamos.

«Daniela, no deben ir ustedes».

«Ramón, necesito ir. Quiero saber de mis padres. Es importante».

«Entiendo... pero me preocupo».

«Ramón, te preocupas por nada. Es solo un evento que nos dará más información».

«Pues, Sofía no necesita ir», dice mi papá.

«Sí. Tiene que ir. Es su historia también. Es la historia de nuestra familia y nuestro país».

Me arreglo en mi cuarto mientras mis padres hablan. Mi mamá con su carácter fuerte y mi papá con una voz fuerte. Mi mamá gana. Y tiene razón. Es su vida.

Mis padres son interesantes como pareja. No se llevan muy bien. Son muy diferentes. Mi mamá es más abierta, más liberal. Y mi papá, no lo es. Me imagino que ellos necesitan buscar terapeuta también.

***** *

En el carro, en camino al evento le pregunto a mi mamá de ese día cuando me avisó del evento por primera vez y cuando esa persona llegó a la puerta.

«¿Quién era?», le pregunto.

«Una señora, una amiga, que también busca la misma información de sus padres. Me informaba de los vuelos de la muerte ese día».

«Es horrible pensar en esos vuelos, mamá. ¿Pensás que es lo que les pasó a tus padres?».

«No sé, Sofi. Esta noche espero saber más».

Yo espero aprender más y espero que mi mamá aprenda más también. Nuestra verdadera identidad es muy importante.

Capítulo 15
Alexis

Es sábado. Decidí que hoy es el día. Mi mamá me habla por la mañana.

«Lexi, voy a estar en casa a las 5:00 hoy. Temprano. ¿Quieres salir a cenar?».

«Sí, mamá. Me gustaría».

«Ok. Nos vemos entonces», me dice, dándome un beso en la cabeza.

De costumbre, al menos últimamente, voy hacia la biblioteca para buscar más investigación para Sofía. Tomo mi teléfono, me pongo los auriculares y camino al centro donde está la biblioteca. Escucho música y pienso en la conversación que voy a tener con mi mamá.

¿Qué le voy a decir, y cómo?

No sé exactamente, pero necesito decirle. Quiero vivir mi verdad, mi vida verdadera, con ella también.

Pero primero, a investigar.

*****

No encuentro más información esa tarde sobre el caso de la mamá de Sofía, entonces decido regresar a casa. Estoy en mi cuarto practicando la guitarra cuando mi mamá llega.

«Hola, Lexi. Llegué», me grita de la cocina.

«Hola, mamá. Llegas temprano».

«Sí. Hoy terminé rápido con las historias médicas».

Mi mamá es enfermera principal y necesita completar muchos documentos para sus pacientes.

En un momento ella está en la puerta de mi cuarto. Se ve cansada. «¿Qué clase de música tocas?», me pregunta.

«Es la nueva canción de Skylar. Ese cantante», le digo, señalando el póster en mi cuarto que tengo del artista.

«Es el cantante trans que me mencionaste, ¿no?».

«Sí, mamá».

Aquí está mi oportunidad. Mi chance.

«Mamá, necesito decirte algo», le digo.   «Yo soy trans, también».

Mi mamá no dice nada por mucho tiempo. Tengo miedo. No sé qué pensar.

Finalmente habla.
«Alexis, gracias por decirme. Tiene que ser algo difícil de compartir».
«Sí, mamá. No tienes idea».

No sé todavía si está enojada, si acepta lo que le dije o si me acepta, porque no reacciona.

«Alexis. ¿Es el nombre que todavía prefieres?».

Le indico que sí.

Empieza otra vez: «Te amo. No me importa amarte como hija o como hijo. Te amo», me dice mientras llora.

Ahora yo empiezo a llorar.
«Gracias, mamá. Te amo, también».

Nos abrazamos por mucho tiempo.

Después de esa conversación salimos a cenar a nuestro restaurante favorito. Tenemos mucho de qué hablar y mucha hambre.

Capítulo 16
Sofía

En el evento de las Abuelas de la Plaza de Mayo esa noche, mi mamá supo de su padre. El ADN que ella mandó a la organización fue confirmado positivo con los restos de un hombre que fue encontrado muerto en una región de Uruguay.

Mi mamá habló con un oficial esa noche.

«¿Sra. Martín? Soy Juan Bautista, director de información».

«Sí. Mucho gusto, señor. Un placer».

«Sra. Martín, confirmamos que uno de los cuerpos que se encontraron en Uruguay era de su padre. Después de una investigación a fondo, le entregaremos los restos mortales».

«Gracias, señor. Por la información y por el trabajo que ha hecho, de mi parte y de otras personas».

*****

Esa información fue una bomba para nosotras - para mi mamá, claro, pero también para mí y para nuestra familia. Mi mamá está en shock ahora, y mi papá no sabe qué hacer, ni qué decir. A él no le gustan los cambios. La situación es muy difícil en la casa.

Necesito avisarle a Alexis. Quizás él pueda encontrar más información sobre mi abuelo verdadero, José Orozco García. Le llamo y contesta inmediatamente.

«*Hey, Alexis. How are you?*».
«*Hi, Sofía. So glad you called. I finally talked to my mom*».
«Excelente, Alexis. Me alegro. ¿Cómo te sientes? ¿Qué le dijiste? ¿Cómo le contaste?».

Estoy tan feliz por mi amigo que no puedo parar de hacerle preguntas. Alexis se ríe.
«Ok, Sof. ¡Muchas preguntas! Demasiadas».
«Pues, ¡quiero saber!».

Y hablando con mi amigo virtual, me siento mucho mejor.
«Y, Sof. No me contaste del evento y de lo que aprendiste. Solo me dijiste que tenías una bomba».
«Oh, sí. Lo siento. Te cuento».

Por unos minutos le cuento a mi amigo sobre mi abuelo biológico y cómo lo encontraron en Uruguay.

«Se supone que alguien lo enterró cuando lo encontraron hace años».

«Sof, es horrible lo que pasó, pero estoy feliz que ustedes ya sepan lo que pasó. ¿Cómo se llamaba? Podemos buscar más sobre él».

«Sí, me gustaría saber. Me gustaría darle más información a mi mamá. Ella quiere saber. Necesita saber. Se llamaba José Orozco García».

«Está bien. Voy a continuar la investigación».

«Gracias, Alexis. Mucho ha pasado y ha cambiado en estos meses en nuestras vidas, ¿no?».

«Sí. Mucho. Pero todo es mejor que antes».

«Sí», le digo a mi amigo. «Ahora tenemos una mejor idea de quiénes somos».

«Me siento diferente. Más libre. Me gusta. ¿Y tú?», pregunta Alexis.

Yo le contesto: «Todavía estoy un poco confundida pero por lo menos entiendo más por qué hay tantas diferencias en mi familia. ¡Ja, ja!

Soy más como mi abuelo verdadero, creo. Pero me siento mejor, sí».

«Gracias por ser mi amiga, Sof».

«Claro, Alexis. ¿Y, Alexis?», le hago la misma pregunta que Kiara siempre le hace: «¿Ya eres tú quien quieres ser?».

«Sí, Sofía. Ya soy quien quiero ser».

GLOSARIO

A

a - to, at
abierta - open
abrazamos - we hug, embrace
abuelas - grandmothers
abuelo - grandfather
abuelos - grandparents
acciones - actions
acepta - s/he accepts
acepte - s/he accepts
acerca - about
acompañarla - to accompany her
aconseja - s/he advises
acostumbramos | nos acostumbramos we accustom | we are accustomed to
actuar - to act
acústica - acoustic
además - besides
admitirlo - to admit it
ADN - DNA
adoptada - adopted
adoptaron - they adopted
afectó - it affected
aficionada/o(s) - fan, as in sports
afuera - outside
ahora - now
ahorita - right now

ahí - there
aire - air
aire libre - open air
al - a + el = to the
alegre - happy
alegro | me alegro - I am happy
algo - something
alguien - someone
alguna/o(s) - some
algún - some
alimenticios - eating
trastornos alimenticios - eating disorders
aliviado - relieved
alivio - relief
allí - there
alta/o(s) - tall
altura - height
ama - s/he loves
amarillo - yellow
amarte - to love you
amiga/o(s) - friend(s)
amo - I love
amorosa - loving
antes - before
antigua/o(s) - old
anécdotas - anecdotes
apasiona | me apasiona - it impassions | I'm passionate/wild about
apreciaba - I, s/he appreciated
aprenda - s/he learns
aprender - to learn

aprendido | hemos aprendido - learned | we have learned
aprendiendo - learning
aprendiste - you learned
aprendió - s/he learned
aprendí - I learned
apretado - tight
aquí - here
área - area
argentina/o(s) - Argentinian, Argentine
arreglo - I fix
artículo - article
asistamos - we attend
asiste - s/he attends
asisten - they attend
asistir - to attend
así - so
atrocidades - atrocities
atrás - back, ago (w/ time)
aunque - though
auriculares - headphones
aventura - adventure
aviones - planes
avisarle - to tell him/her
avisándole - telling him/her
avisó - s/he told, advised
ayuda - s/he helps

ayudando - helping
ayudar - to help
ayudará - s/he will help
ayudas - you help
ayude - I, s/he help(s)
azul - blue
año(s) - year(s)
aún - even

B
baile - dance
baja(s) - short
banco - bench
barrio - neighborhood
bebé(s) - baby(ies)
bella - beautiful
beso - kiss
biblioteca - library
bien - well
binarios - binary
biológico(s) - biological
boca - mouth
bolsillo - pocket
bomba - bomb, here: big news item
la Bombonera - stadium of Boca Juniors
bonito - pretty
brillantes - brilliant
buen/a/o(s) - good
busca - s/he looks for
buscaba - I, s/he looked for
buscar - to look for
buscas - you look for
busco - I look for

básico - basic
   ciclo básico -
   secondary school

C
cabeza - head
cada - each
café - coffee, coffee
   shop
cajón - drawer
calle - street
calmó - s/he calmed
cambia - s/he changes
cambiado | ha
   cambiado -
   changed | s/he, it
   has changed
cambiamos - we
   change
cambian - they
   change
cambiando - changing
cambio(s) - change(s)
cambió - s/he
   changed
caminando - walking
caminata - walk
camino - I walk
canción - song
cansada - tired
canta - s/he sings
cantante - singer
cara - face
cargador - charger
carro - car
carta - letter
cartera - purse
carácter - character
casa(s) - house(s)
caseta(s) - booth(s)

casi - almost
caso - case
castaño - brown
cenar - to have dinner
centro - downtown
cerca - close
charla - chat
charlar - to chat
chiste(s) - joke(s)
choque - shock
ciclo - cycle
cierro - I close
cierto - certain
cinco - five
cita - appointment
ciudad - city
claro - of course
clase - class
clic - click
clienta/e - client
cocina - kitchen
colección - collection
colegio - high school
comentario(s) -
   comment(s)
comer - to eat
cometió - s/he
   committed
como - like, as
compartir - to share
completamente -
   completely
completar - to
   complete
completo - I complete
compramos - we buy,
   we bought
compro - I buy
computadora -
   computer

comunicarme - to communicate

con - with

concentrarme - to concentrate

concreta - concrete

conducimos - we drive

conectamos - we connect

conexión - connection

confesarme - to confess

confiar - to trust

confirmado - confirmed

confirmamos - we confirm

confrontar - to confront

confundida - confused

conmigo - with me

conocemos - we know

conocida | fue conocida - known | was known

conocido | nos hemos conocido - met, known | we have met, have known

conocí - I met, I knew

conozco - I know

considerado | me he considerado - considered | I have considered myself

consideramos - we consider

contactarla - to contact her

contado | haberle contado - told | for having told

contar - to tell

contarle - to tell him/her

contarte - to tell you

contaré - I will tell

contaste - you told

contesta - s/he answers

contestar - to answer

contesto - I answer

contiene - it contains

contigo - with you

continuar - to continue

continúa - s/he, it continues

continúo - I continue

controlan - they control

contó - s/he told

convencí - I convinced

convierto - I convert

correo - mail

correspondencia - correspondence

corría - I, s/he ran

cortan - they cut

cortarme - to cut (myself)

corte - s/he cuts

corto - I cut

cosa - thing

costumbre - custom

creer - to believe
creerlo - to believe it
creo - I believe
criada - raised
criaron - they raised
cual - which
cuando - when
cuarto - room
cuatro - four
cuenta - s/he tells
cuentas - you tell
cuente - s/he tells
cuento - I tell
cuerpo(s) - body(ies)
curiosidad - curiosity
cuáles - which
cuándo - when
cuídate - take care of yourself
cómica - funny
cómo - how

D

darle - to give to him/her
dará - s/he will give
de - of, from, about
debajo - under
deben - they must, should
debo - I must, should
debés - you must
decidimos - we decide
decido - I decide
decidí - I decided
decir - to say, tell
decirle - to say, tell him/her

decirme - to say, tell me
decirte - to tell you
decírselo - to tell it to him/her
decís - you say (voseo)
dejar - to leave (behind)
dejarle - to let her (know)
del (de + el) - of
demanda - s/he demands
demasiadas - too many, too much
departamento - department
derechistas - right wingers
derechos - rights
desaparecidos - (the) disappeared
desapareció - s/he, it disappeared
desconectamos - we disconnect, we disconnected
desconecto - I disconnect
desde - from, since
después - after
detalles - details
dialectos - dialects
dice - s/he says, tells
dicen - they say, tell
dices - you say, tell
dicho - said, told
　　haberme dicho - having told me

le habría dicho - would have told her
difícil(es) - difficult
digan - they say, tell
digo - I say, tell
dije - I said, told
dijiste - you said, told
dijo - he said, told
dinero - money
dio - s/he gave
dirección - address
directamente - directly
directo - directly
disco(s) - record(s)
discuten - they discuss
discutieron - they discussed
discutimos - we discuss, we discussed
disfrutando - enjoying
distancia - distance
divertimos | nos divertimos - we have fun
dió - s/he gave
domingos - Sundays
donde - where
dos - two
dueño - owner
durante - during
duras - hard, difficult
duro - hard
dándome - giving to me
décadas - decades
déjame - allow me
día(s) - day(s)

dónde - where

E
e - and
edades - ages
edificios - buildings
ejército - army
el - the
él - he
electrónica/o - electronic
ella - she
ellos - they
eléctrica - electric
embargo | sin embargo - however
emocionado - excited
emociones - emotions
empezaron - they started, began
empieza - s/he starts, begins
empiezo - I start, begin
en - in, on
encanta | nos encanta - it is very pleasing to us; we love
encontrado - found
encontramos - we find, we found
encontrar - to find
encontraron - they found
encontré - I found
encuentro - I find
energía - energy
enfermera - nurse
enfrente - in front of
enojada/o - angry

enorme - enormous
enseña - s/he teaches
entendí - I understood
entendían - they
  understood
enterró - s/he buried
entiende - s/he
  understands
entiendo - I
  understand
entonces - so, then
entrando - entering
entrar - to enter
entre - between
entregada - delivered
entregaremos - we
  will deliver
entregó - he turned in,
  delivered
entré - I entered
entró - s/he entered
enviar - to send
época - epoch
equipo(s) - team(s)
equivocada -
  mistaken
era - I, s/he was
eran - they were
eres - you are
es - s/he, it is
esa - that
esas - those
escaparme - to
  escape
escribe - s/he writes
escribir - to write
escribió - s/he wrote
escribo - I write
escribí - I wrote

escribíamos - we
  wrote
escrita - written
escritorio - desk
escuchado | han
escuchado - listened,
have you
  listened
escucharme - to listen
  to me
escucho - I listen
escuela - school
ese - that
eso - that
esos - those
especial - special
especialmente -
  especially
espera - s/he waits for,
  hopes
esperaba - I, s/he
  waited for, hoped
esperar - to wait for, to
  hope
espero - I wait for,
  hope
esperándome -
  waiting for me
esta - this
estacionamos - we
  park
estadio - stadium
estado(s) - state(s)
estadounidenses -
  United Statesian
estamos - we are
estar - to be
este - this
estereotípico -
  stereotypical

estilo - style
esto - this
estos - these
estoy - I am
estudiante(s) - student(s)
está - s/he is
están - they are
estás - you are
estés - you are
evidencia - evidence
exactamente - exactly
existe - s/he, it exists
explica - s/he explains
explicado | me ha explicado - explained |she has explained to me
explicarme - to explain myself
explico - I explain
explicó - s/he explained
expliqué - I explained
explícame - explain to me
expresarme - to express myself
expresarte - to express yourself
exquisito - exquisite

F
familia(s)- family(ies)
famoso - famous
fantástico - fantastic
fascina - it fascinates
favor - favor
   por favor - please
favorito - favorite

felicidad - happiness
felicidades - congratulations
feliz - happy
femenina/o - feminine
feria - fair
fin - end
finalmente - finally
fingido | han fingido - have pretended
fondo - depth
forma - form, way
fotos - photos
frase - sentence
frío - cold
fue - s/he, it went; s/he, it was
fuera - that she go
fueron - they went
fuerte - strong, loud
fui - I went, I was
fuimos - we went
futuro - future
fácil - easy
física - physical
fútbol - soccer

G
gana - s/he earns
genovesas - Genoese (from Italy)
gente - people
gobierno - government
golpe - blow
   golpe de Estado - coup d'etat (overthrow of government)

gracias - thank you
grado - grade
gran - great
grita - s/he yells
guitarra - guitar
guitarrista - guitarist
gusta - it is pleasing to
gustado | le habría gustado - would have liked
gustamos | le gustamos - we are pleasing to him; he likes us
gustan | le gustan - they are pleasing to him; he doesn't like
gustaría | me gustaría - I would like
gusto - pleasure
　　mucho gusto - nice to meet you
gustó | me gustó - it was pleasing to me; I liked
género - gender

H
ha - auxiliary verb "has" as in "has changed"
　　ha cambiado - has changed
haber - having
　　haber sido - having been
haberle contado - having told
haberme dicho - having told me

habla - s/he speaks
hablado - spoke
hablamos - we speak, we spoke
hablan - they speak
hablando - speaking
hablar - to talk
hablarle - to talk to him/her
hablarme - to talk to me
hablas - you speak
hablaste - you spoke
hablemos - we speak
hablo - I speak
hablale - speak to him/her (voseo)
habló - s/he spoke
habría - would have
había - s/he, it had
hace - s/he, it does, makes
hacemos - we do, make
hacer - to do, make
hacerle - to ask him/her
hacerlo - to do, make it
hacés - you do, make (voseo)
hacían - they did, made
haga - I, s/he does, makes
hago - I do, make
hambre - hunger
han - auxiliary verb "they have" as in "have mentioned"

han explicado - they have explained

has - auxiliary verb you have as in "you have been"

has estado - you have been

hasta - until

hay - there is, there are

he - auxiliary verb "I have" as in "I have received"

he recibido - I have received

hecho - done, made

hemos - auxiliary verb "we have" as in "we have spoken"

hemos hablado - we have spoken

hicieron - they did, made

hiciste - you did, made

hija - daughter

hijo - son

historia - history, story

historias - stories

hola - hello

hombre - man

hora(s) - hour(s)

hoy - today

humana/o(s) - human

I

iba - I, s/he went

iban - they went

ícono - icon

identidad - identity

identificarme - to identify myself

identificas - you identify

identifico - I identify

identifiqué - I identified

igual - equal

imagino - I imagine

importa - it matters

incluso - including

increíble - incredible

Indiana - a state in the Midwest United States

indico - I indicate

informaba - it informed

información - information

inglés - English

injusticias - injustices

inmediatamente - Immediately

instantáneos - instantaneous

inteligencia - intelligence

intensa - intense

interacción - interaction

interactuando - interacting

interesante(s) - interesting

investigación - research

investigadora - investigator

investigando - investigating, researching
investigar - to investigate, research
invitarme - to invite me
invitarte - to invite you
invitó - s/he invited
ir - to go
izquierdistas - Leftists

J
jefatura - leadership
jubilaron - they retired
jubiló - he retired
junta - meeting, assembly, council
jóvenes - young

L
la - the, it
lanzaban - they threw
largo - long
las - the, them
lasaña - lasagne
le - to, for him/her
leer - to read
lejos - far
les - to, for them
levanto | me levanto - I raise, I get up
leyendo - reading
leí - I read
libre - free
lista - ready
llama - s/he calls
llamaba - I, s/he called
llamada - call

llamar - to call
llamaré - I will call
llamo - I call
llamó - s/he called
llega - s/he arrives
llegan - they arrive
llegar - to arrive
llegas - to arrive
llego - I arrive
llegué - I arrived
llegó - s/he arrived
llevaba - she was wearing
llevan | se llevan - they get along
llora - s/he cries
llorando - crying
llorar - to cry
lo - it
loca - crazy
los - the, them
lucha - battle, struggle, fight
lucía - s/he, it looked
luego - later
lugar(es) - place(s)

M
madre(s) - mother(s)
malos - bad
mamá - mom
manda - s/he sends
mandado - errand
mandamos - we send
mandar - to send
mandaron - they sent
mando - I send
mandé - I sent
mandó - he sent

manera - way
mano(s) - hand(s)
mantenemos - we maintain
mantenerme - to maintain
maquillaje - make-up
marchan - they march
marco - I dial
marimacho - tomboy
masculina/o - masculine
matarlas - to kill them
mate - caffeine-rich infused drink popular in Argentina and other countries
mayo - May
mayor - older
mañana - tomorrow, morning
media - half
mejor(es) - better
mencionado - mentioned
mencionamos - we mention, we mentioned
mencionas - you mention
mencionaste - you mentioned
mencionó - s/he mentioned
menos - less
mensaje(s) - message(s)
mente - mind
mentira - lie

mentirle - to lie to him
mentirosa/o - liar
mentí - I lied
mercado - market
mes(es) - month(s)
meta - goal
meto | me meto - I get into, involve myself in
mi(s) - my
miedo - fear
mientras - while
militar(es) - military
minuto(s) - minute(s)
mira - s/he looks at, watches
mirando - looking at, watching
mirar - to look at, watch
miro - I look at, watch
misma/o - same
misterio - mystery
mochila - backpack
molesto - I bother
molestó - s/he bothered
momento - moment
moví - I moved
mucha/o(s) - many
muchacho - adolescent boy
muerte - death
muerto(s) - dead
mujer(es) - woman(en)
mundo - world
murieron - they died
muy - very
muñecas - dolls

mándame - send me
más - more
médicas - medical
mí - me
mía - mine
músico - musician

N
nacieron - they were
    born
nació - s/he was born
nada - nothing
nadie - no one
necesita - s/he, it
    needs
necesitan - they need
necesitas - you need
necesito - I need
negra - black
nervioso - nervous
ni - neither, nor
ninguna - not one,
    none
ningunos - not one,
    none
noche - night
nombre - name
normalmente -
    normally
norte - north
nosotras/os - we
notaba - s/he noticed
note | se note -
    one notices
noticias - news
noto - I notice
nuestra/o(s) - our
nueva/o(s) - new
nunca - never
número - number

O
o - or
ocho - eight
octubre - October
ocupada/o(s) - busy
oficina(s) - office(s)
ofrece - s/he offers
oigo - I hear
ojos - eyes
olvidó - s/he forgot
ondulado - wavy
oportunidad -
    opportunity
opresión - oppression
opuestos - opposite
organización -
    organization
otra/o(s) - **other**
oyera - (that) she hear
oí - I heard
oído - ear
oímos - we hear, we
    heard
oíste - you heard

P
pacientes - patient
padre - father
padres - parents
palabra - word
pantalones - pants
papeles - papers
papá - dad
paquete - package
par - pair, couple
para - for
parar - to stop
parece - s/he, it seems
pareces - you seem

pareja - pair, couple
parque - park
parte(s) - part(s)
participamos - we participate, we participated
partido - game
pasa - s/he spends (time), it happens
pasado - passed
   he pasado - I have spent
   ha pasado - has happened
pasar - to spend (time), happen
pasé - I spent (time)
pasó - happened
pausa - pause
país(es) - country(ies)
pedí - I asked for
pelo - hair
peluquero - hairdresser
películas - movies
pensaba - I, s/he thought
pensamientos - thoughts
pensando - thinking
pensar - to think
pensás - you think (voseo)
pequeña - small
pericos - parakeets
pero - but
perro - dog
persona - person
personalidad - personality

pide - s/he asked for
piensan - they think
piensas - you think
pienso - I think
placer - pleasure
plan(es) - plan(s)
pobre - poor
poco - little (amount)
podemos - we are ablc
poder - to be able
podés - you can, are able (voseo)
podía - I, s/he could
pongo - I put, place
por - for
porque - because
positivo - positive
poster - poster
practicando - practicing
practicar - to practice
preferiría - I, s/he would prefer
prefieres - you prefer
prefiero - I prefer
pregunta - s/he asks
preguntado - asked
   le he preguntado - I have asked her
preguntarle - to ask him/her
preguntarte - to ask you
preguntas - questions
pregunto - I ask
preocupada - worried
preocupante - worrisome

preocupas - you worry
preocupes - you worry
  no te preocupes -
  don't worry
preocupo | me
  preocupo - I worry
preocupándome -
  worrying
presentación -
  presentation
presentan - they
  present
presento - I present
presuntos - presumed
primera/o - first
principio - beginning
probablemente -
  probably
programa - program
progresiva -
  progressive
pronombre(s) -
  pronoun(s)
pronto - soon
propio - own
proyecto - project
práctico - practical
psicología -
  psychology
pude - I could
pudo - s/he could
pueblo - town
pueda - I, s/he can,
  am/is able
puedes - you can, are
  able
puedo - I can, am able
puerta - door
puerto - port
pues - well

puf - whew
punto - point
  estar a punto de -
  to be about to
puse - I put
párrafos - paragraphs

Q
que - that
quedo | me quedo - I
  stay, remain
quería - I, s/he wanted
querías - you wanted
quien - who
quiere - s/he wants
quieres - you want
quiero - I want
quince - fifteen
quizás - maybe,
  perhaps
quién - who?
quiénes - who?
qué - what?

R
rara/o - rare, strange,
  odd
rasurado - shaved
rato - moment
razón - reason
  tener razón - to be
  right
raíces - roots
reacciona - s/he
  reacts
reacción - reaction
realista - realistic
realizar - to realize,
  achieve

realizó - s/he became, realized
realmente - really
rechacé - I rejected
rechaza - she rejects
recibido - received
  he recibido - I have received
recibió - s/he received
recibo - I receive
recibí - I received
recoger - to pick up
reconocimiento - recognition
recuerdan - they remember
refri - shortened form of "refrigerador"
reglas - rules
regresa - s/he returns, (you) return!
regresar - to return
relaciones - relationships
relación - relationship
repente -
  de repente - suddenly
repite - s/he repeats
resolver - to resolve
respirar - to breathe
responde - s/he responds
respondió - s/he responded
respondo - I respond
respondí - I responded
respuesta - answer
restos - rest

reunirnos - to meet
revisaron - they reviewed
reía - I, s/he laughed
  se reía - she laughed
Riachuelo - local name for the Matanza River in Buenos Aires
rieron - they laughed
  se rieron - they laughed
riéndome - laughing
riéndose - laughing
ropa - clothes
rosado - pink
rubio - blond
rápido - fast
régimen - regimen
ríe | se ríe - s/he laughs
río | me río - I laugh

S
sabe - s/he knows
sabemos - we know
saben - they know
saber - to know
sabes - you know
sabés - you know (voseo)
sabía - I, s/he knew
saco - I take out
sala - living room
sale - s/he leaves, goes out
salimos - we leave, go out

salir - to leave, go out

salió - s/he left, went out

salud - health

saludó - s/he greeted

saqué - I took out

sea - is

    o sea - in other words

seamos - we are

sean - they are

secreto(s) - secret(s)

segunda/o - second

seis - six

semana(s) - week(s)

sentado - seated

sentimiento(s) - feeling(s)

sentir - to feel

sentía - I, s/he felt

sepa - I, s/he know/s

separación - separation

separarme - to separate myself

ser - to be

serio - serious

será - s/he, it will be

señal - signal

señalando - indicating

señor - mister, sir

señora - missus, ma'am

shock - shock

si - if

sido | ha sido - been | has been

siempre - always

siente | se siente - s/he feels

sientes | te sientes - you feel

siento | me siento - I feel, I sit

sigo - I continue

sin - without

sitio - place

Snapchat - social media platform

sobras - leftovers

sobre - on, over, about

solas/os - alone

somos - we are

son - they are

sonreír - to smile

sonrisa - smile

sos - you are (voseo)

sospechosa(s) - suspicious

soy - I am

Spanglish - combination of Spanish and English

Spotify - music streaming service

Sra. - abbreviation for señora

su - his, her, their

suerte - luck

sufrido - suffered

suicidarse - to commit suicide

supo - s/he learned, found out

supone - s/he suspected

suponemos - we suspect

sus - his, her, their

sábado - Saturday
sé - I know
sí - yes
solo - only

T

tacones - high-heeled
   shoes
tal - so
   qué tal - how is…
   tal vez - maybe
también - too, also
tampoco - either,
   neither
tan - so
tango - partner dance
   style that originated
   on the River Plate
tanta/o(s) - so many,
   so much
tapada - topped
taquería - place that
   sells tacos
tarde - afternoon
   más tarde - later
tardes - afternoons
   buenas tardes -
   good afternoon
tarea - homework
tarjetas - cards
taza - cup
teléfono - phone
tema(s) - theme(s),
   subject(s)
temblaban - they
   shook
temprano - early
tendré - I will have
tenemos - we have
tener - to have

tengamos - we have
tengo - I have
tenido | he tenido -
   had | I have had
tenés - you have
   (voseo)
tenía: I, s/he had
tenías - you had
terapeuta(s) -
   therapist(s)
terminar - to finish
terminé - I finished
texto - text
tiempo(s) time(s)
tienda - store
tiene - s/he has
tienen - they have
tienes - you have
timbre - doorbell
toca - s/he plays
   (music)
tocamos - we play
   (music)
tocando - playing
   (music)
tocar - to play (music)
tocas - you play
   (music)
tocó - s/he played
   (music)
toda/o(s) - all
todavía - still, yet
toma - s/he takes
tomaban - they took
tomando - taking
tomar - to take
tomo - I take
tomé - I took
toqué - I played
   (music)

trabaja - s/he works
trabajaban - they worked
trabajadora - working
   clase trabajadora - working class
trabajar - to work
trabajo - I work
trabajó - s/he worked
trans - trans, transgender
transmite - s/he, it transmits
trastornos - disorders, issues
tratado | he tratado - tried | I have tried
trato - I try
tres - three
tráfico - traffic
tu(s) - your
tuve - I had
tú - you

U
u - or
últimamente - lately
último(s) - last
un(a) - a, an
una/o(s) - some
unidos - united
   los Estados Unidos - United States
urgente - urgent
usa - s/he uses
usan - they use
usando - using
usar - to use
usemos - we use

uso - I use
usted - you (formal)
ustedes - you (plural)
usual - usual

V
va - s/he goes
vamos - we go
van - they go
varios - various
vas - you go
ve - s/he sees
veces - times, instances
vecindario - neighborhood
veinte - twenty
vemos - we see
ven - they see
ventanas - windows
ver - to see
verdad - true, truth
verdadera/o(s) - true
verde - green
versión - version
vestido(s) - dress(es)
vez - time, instance
vi - I saw
vibra - it vibrates
vida - life
vidas - lives
vienes - you come
violaciones - violations
virtual(es) - virtual
visitaban - they visited
visitar - to visit
visto | he visto - seen, I have seen
viva - alive

vive - s/he lives
vives - you live
vivido - lived
  he vivido - I have lived
  han vivido - they have lived
vivimos - we live
vivir - to live
vos - you (voseo)
voseo - use of *vos* as 2nd person singular form
voy - I go
voz - voice
vuelos - flights (plane)
vuelve - s/he returns

Y

y - and
ya - already
yo - I

ABOUT THE AUTHOR

Jennifer Degenhardt taught high school Spanish for over 20 years. She realized her own students, many of whom had learning challenges, acquired language best through stories, so she began to write ones that she thought would appeal to them. She has been writing ever since.

Please check out the other titles by Jen Degenhardt available on Amazon:

La chica nueva | <u>The New Girl</u>
La chica nueva (the ancillary/workbook volume, Kindle book, audiobook)
El jersey <u>The Jersey</u> | *Le Maillot*
El viaje difícil
La niñera
Los tres amigos | <u>Three Friends</u>
María María: un cuento de un huracán | <u>María María: A Story of a Storm</u>
Debido a la tormenta
La lucha de la vida

Follow Jen Degenhardt on Facebook, Instagram @jendegenhardt9, and Twitter @JenniferDegenh1 or visit the website, www.puenteslanguage.com to sign up to receive information on new releases and other events.

Made in the USA
Middletown, DE
11 March 2020

86237235R00056